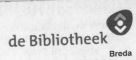
de Bibliotheek
Breda

Mart en Roel

Brigitte Minne
tekeningen van Rosemarie de Vos

maantjes

D1146129

Zwijsen

4

Mart en Roel

Op een plein in een dorp staat een huis.
Een klein huis met een groene deur.
Op die deur staat: *Roel en Mart*.
Mart is bijna acht.
Ze is gek op dieren.
Ze droomt van een hond.
Roel is haar papa.
'Die hond komt nog wel,' zegt hij.
Mama stierf toen Mart erg klein was.
Mart heeft een beertje van mama.
Dat staat naast haar bed.
'Zo vergeet je haar niet,' zegt papa.
Dat is Mart niet van plan.
Papa is gek op Mart.
En Mart is gek op papa.
Als je Roel ziet, zie je Mart.
Als je Mart ziet, zie je Roel.
Mart en Roel.
Door dik en dun.

Papa kookt meestal.
Het gaat vaak mis.

Dan is de rijst zwart.
Of het vlees lijkt een schoenzool.
'Ik ga maar weer eens om friet,' zucht
papa dan.
'Kop op, papa!' gilt Mart.
'Ik ben dol op friet.'
Papa kijkt dan sip.
'Drie keer friet per week, Mart!
Is dat niet wat veel?'
'Wel nee,' roept Mart dan.
Papa speelt soms spook.
Of hij doet een draak na.
'Papa, daar ben ik te groot voor!' roept
Mart dan.

Acht jaar

Het is zondag.
Vandaag wordt Mart acht jaar.
Ze staat op en rent de trap af.
Papa is al op.
'Hiep, hiep!' gilt hij.
Hij tilt Mart op en geeft haar een zoen.
Hij wijst naar een doos.
Een doos met een gat.
De doos gaat heen en weer.
En op en neer.
'Voor jou,' zegt papa.
Mart rent naar de doos.
Ze tilt het deksel op.
In de doos zit een hondje.
Een hondje met een witte vacht.
De neus lijkt wel een snoepje.
'Nee maar,' gilt Mart.
'Een hond!'
Ze tilt de pup uit de doos.
Ze duwt haar neus in de vacht.
Wat voelt dat dier zacht aan.
En het ruikt lekker.

'Ik ben zo blij,' huilt ze.
Het hondje likt haar wang.
Papa veegt een traan van zijn neus.
'Leuk hè?!' piept hij.

Moe

Goed dat Mart niet naar school hoeft.
Ze speelt met de pup.
Ze hollen door de tuin.
Mart gooit met een bal.
Het hondje rent naar de bal.
Wat een pret!
Wat een feest!
Papa bakt een taart.
Een taart met nootjes.
Die lust Mart graag.

De bel gaat.
Daar is oma.
Oma is de mama van mama.
Mart steekt haar hondje in de lucht.
'Nee maar!' roept Moe.
'Een hond!'
'Ik ben zo blij, Moe.'
'Dat zal wel,' lacht Moe.
Moe vist een pakje uit haar tas.
'Kom hier, feestbeest.'
Ze geeft Mart een zoen en het pakje.

Mart doet het lint van het pakje.
Er zit een riem in.
Maar ook een bak.
En voer en een bot.
'Dus jij wist van die hond!'
'Ja,' lacht Moe.
Mart doet de riem om.
Dat is niet naar de zin van het hondje.
Het schudt met zijn kop.
'Het went wel aan de riem,' zegt Moe.
Papa vult de bak met voer.
Het hondje eet zijn buik vol.

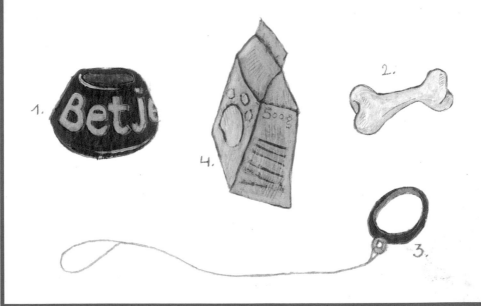

Een naam

Het hondje zit bij Mart op schoot.
Moe zit naast haar.
'Heb je al een naam?' vraagt ze.
Mart schudt haar hoofd.
'Het is een meisje,' zegt papa Roel.
'Witje!' roept Moe.
'Haar vacht is wit.'
'Is dat niet voor een poes?' vraagt papa.
Moe kijkt een beetje boos.
'Wol,' zegt papa.
'Omdat ze zo zacht is.'
'Dat is voor een schaap,' roept Moe fel.
'Ik heb een naam,' roept Mart.
Moe kijkt Mart aan.
Papa ook.
'Wat dan, Mart?'
'Mama heette Liesbet,' zegt Mart.
'Ik neem een stukje van haar naam.
Bet. Betje.'
Daar wordt papa stil van.
'Heel goed!' zegt Moe zacht.
Mart haalt haar neus op.

'Papa, het ruikt hier raar,' zegt ze.
Papa snuift.
'Mijn taart!' gilt hij.
Te laat.
De taart is zwart.
'Ik wist het,' zegt Moe.
'Hoezo?' vraagt papa.
Moe vist een doos uit haar tas.
In die doos zit een taart.
Op die taart staat:
Mart acht jaar.

Het spuitje

'Betje moet een spuitje,' zegt papa.
Zo wordt ze niet ziek.
Hij belt een dokter.
Na een uur gaat de bel.
Papa loopt naar de deur.
Mart rent met hem mee.
Op de stoep staat een vrouw.
'Ik kom voor het hondje,' lacht ze.
Ze geeft papa en Mart een hand.
'Sien is mijn naam,' zegt ze.
'Kom binnen, Stien,' zegt papa.
'Sien, papa!' sist Mart.
'Siel ... eu ... Sien,' bromt papa.
Zijn hoofd wordt knalrood.
Sien stapt naar binnen.
Papa sluit de deur veel te vlug.
'Au!' gilt Sien.
Op haar hoofd zit een buil.
'O nee,' roept papa.
'Heb je ijs?' vraagt Sien.
Papa rent weg.
Mart kijkt Sien aan.

Sien houdt haar hand op de buil.

'Doet het pijn?' vraagt Mart.

'Valt wel mee,' zegt Sien.

Daar is papa weer.

Met twee ijsjes.

'Kers of roomijs?' vraagt hij.

'Papa toch!' roept Mart.

'IJs voor de buil,' zegt Sien.

Papa rent weer weg.

Sien ligt in een deuk.

Mart ook.

Papa komt met een bakje ijs.

Sien vist er een blokje uit.

Het blokje stopt ze in een zakdoek.

De zakdoek legt ze op de buil.

Dan is het tijd voor het spuitje.

Betje geeft geen kik.

'Dapper beest!' zegt Sien.

'Goede dokter!' flapt papa eruit.

Sien kijkt papa aan.

'Lief dat je dat zegt!'

Papa kleurt weer rood.

15

De jas

'Ik stap maar eens op,' zegt Sien.
'Je krijgt nog geld!' roept papa.
'Wacht, ik pak mijn jas.'
Papa zoekt zijn jas.
In de hal, in de kast …
De jas is zoek.
Ook Mart zoekt zich suf.
'Ik haal geld van de bank,' zegt papa.
'Ik werk tot acht uur,' zegt Sien.
'Ik leg het geld klaar,' zegt papa.
'Goed,' lacht Sien.
'Ik pik het op.'
'Ik kook goed,' zegt papa.
Mart kijkt hem aan.
Wat zegt hij daar?
Dat hij goed kookt?
Lekker zwart, ja.
'Maak ik een hapje klaar?' stelt papa voor.
'Tenzij je man dat niet goed vindt,' zegt hij.
'Ik heb geen man,' lacht Sien.
'Zet maar klaar die hap!
Dat verdien ik na die buil.'

Ze klapt haar tas dicht.
'Dag Mart, dag ...'
Ze kijkt papa aan.
'Ik ken je naam niet,' zegt ze.
'Roel,' zegt papa.
'Roel is de naam.'
Hup, daar heb je die blos weer.
Papa is net een vuurbal!
'Dag, Roel! Dag Mart.
Om acht uur ben ik er weer.'

Papa doet raar

Sien is de deur uit.
'Naar het fornuis!' gilt papa.
Hij hupt naar de kast voor een pan.
Naast de pan ligt zijn jas.
'Nee maar,' roept papa.
'Wat doet mijn jas hier?'
Papa vouwt een servet in een glas.
Hij zet een bloem in een vaas.
Hij roert in de pan.
'Het moet goed zijn,' bromt hij.
'Niet zwart!'
De pan zet hij van het vuur.
Hij loopt de trap op.
Hij trekt een nieuw hemd aan.
'Wat vind je, Mart?
Staat dat hemd mij een beetje?'
'Ja, papa!'
'Of trek ik die met streepjes aan?'
'Die met streepjes is ook leuk.'
Papa doet erg raar.
Een servet, een bloem, het hemd.

Sien zus en Sien zo

Het is acht uur.
Daar is Sien.
Ze is mooi op tijd.
'Het ruikt hier lekker,' lacht ze.
Papa glimt.
Zo trots is hij.
'Glaasje wijn?' vraagt hij.
Wat slooft papa zich uit.
Het is of Mart er niet meer is.
Was Sien maar een dokter met baard!
'Ik ben moe,' zegt Mart.
'Ik ga naar bed.'
Ze neemt Betje mee.
Dat mag nu vast wel.
'Doe maar,' lacht papa.
Hij doet echt raar.

Malle meid

Papa fluit een deun en pakt brood.
Hij giet melk in de kop van Mart.
'Sien vond mijn stoofpot lekker,' zegt hij.
'Ze wil zondag naar de film.'
'Ik blijf wel bij Betje,' zegt Mart bits.
'Ze wil met ons naar de film, Mart.
Met ONS! Ons, dat is jij en ik!'
'Dat hoeft niet!' gilt Mart.
'Ik wil niet.
Als zij er is, ben ik lucht voor je.'
Papa legt zijn mes neer.
Hij kijkt Mart boos aan.

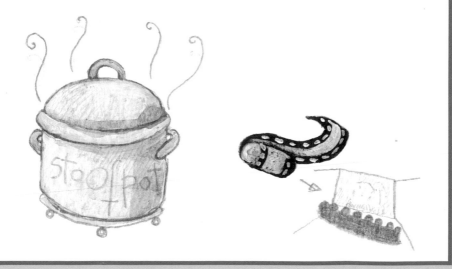

'Wat doe je raar.' zegt hij.
'Ik vind Sien leuk.
Dat is waar.
Maar jij bent nog altijd mijn Martje!'
Mart huilt.
Papa tilt haar op.
'Malle meid,' zegt hij lief.
'Malle, malle meid.'
Hij wiegt haar heen en weer.
Daar is ze veel te groot voor.
Maar ze zegt het niet.

Dat went wel, zegt Moe

Mart wil niet mee naar de film.
Ze gaat naar Moe.
Betje mag mee.
Moe bakt koekjes.
Mart eet er wel tien.
Betje twee.
'Papa valt op Sien,' zegt Mart.
'Dat denk ik ook,' zegt Moe.
Ze kijkt Mart aan.
'Ik ben blij voor hem!
Mama is al zo lang dood.
En jij?'
Mart bijt op haar lip.
'Ik weet niet, Moe.'
'Vind je Sien dan niet leuk?' vraagt Moe.
'Toch wel,' zucht Mart.
'Is ze niet lief voor je?' vraagt Moe.
'Toch wel,' zegt Sien weer.
Sien aait Betje en kijkt door het raam.
'Dat went wel, schat,' zegt Moe zacht.

Een kalf

De bel gaat.
Mart loopt naar de deur.
Betje hupt mee.
Het is Sien.
'Papa!
Sien is er!' gilt Mart.
'Ik kom niet voor Roel,' zegt Sien.
'Ik kom voor jou.
Je bent toch gek op dieren?'
Mart kijkt Sien aan.
Ze snapt het niet.
'Er komt een kalf bij boer Jaap.
Zin om mee te gaan?'
En of Mart zin heeft.
Ze vraagt het aan papa.
Het mag.
Papa zal op Betje passen.
'Trek in taart met prei, Mart?'
'Jam jam!' roept Mart.
'Dan ga ik de taart maken,' zegt papa.

Het kalf

Mart aait het kalf.
Wat is het mooi.
Wit met een bruine vlek op de rug.
Het is een meisje.
De boer staat bij Sien.
'Kies maar een naam, dokter.'
'Martje,' zegt Sien.
'Noem het kalf maar Martje.'
Mart gaapt Sien aan.
'Ik vind je een leuke meid,' zegt Sien.
'Mmm,' zegt Mart dan.

Friet voor drie

Het kalf eet bij haar moeder.
Het gaat goed met haar.
Mart en Sien gaan naar huis.
'Ik ga maandag weer naar het kalf.
Wil je dan ook mee?'
Lief dat Sien dat vraagt.
'Graag,' zegt Mart.
'Vraag jij aan papa of het mag?'
'Doe ik!' zegt Sien.

In de hal ruikt het vies.
'O nee,' roept Mart.
De taart zal zwart zijn.
'Dat wordt friet.'
Sien schiet in de lach.
'Eet je vaak friet?' vraagt ze.
'Drie keer in de week,' zegt Mart.
Papa staat nu ook in de hal.
'Je kookt toch lekker?' zegt Sien.
Papa kijkt op zijn neus.
'Uhh, soms,' zegt hij.
Sien kijkt van Mart naar papa.

'Vertel jij maar van het kalf, Mart.
Ik haal friet voor twee.'
Mart kijkt Sien aan.
'Voor twee?
Blijf je dan niet?' vraagt ze.
Het hoofd van Sien wordt rood.
'Ik … ik weet niet … Ik wil niet …
Je papa en jij …'
Sien is gek op papa.
Dat ziet Mart zo.
Maar ze wil Mart niet pijn doen.
En papa wil dat ook al niet.
'Doe maar friet voor drie,' zegt Mart.
'Ik wil je er graag bij.
En papa ook.'

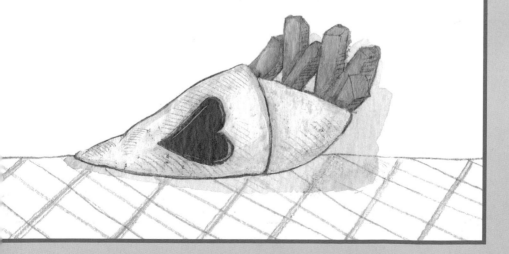

Serie 10 • bij kern 10 van Veilig leren lezen

Mart en Roel

Brigitte Minne en Rosemarie de Vos

De schat

Annemiek Neefjes en Tineke Meirink

Bonny Big is ... bang!

Selma Noort en Irma Ruifrok

Krijg nou wat!

Rindert Kromhout en Jan Jutte

Marleen

Maria van Eeden en Mark Janssen

Ik wil mijn tand!

Daniëlle Schothorst

Soep met rijm

Truus van de Waarsenburg en Ina Hallemans

Post voor een zeemeid

Annemarie Bon en Martijke van Veldhoven

STICHTING NEDERLANDSE
KINDERJURY
2006

ISBN 90.276.6044.1
NUR 287

Vormgeving: Rob Galema

1e druk 2005
© 2005 Tekst: Brigitte Minne
Illustraties: Rosemarie de Vos
Uitgeverij Zwijsen B.V. Tilburg

Voor België:
Zwijsen-Infoboek, Meerhout
D/2005/1919/240

Behoudens de in of krachtens de Auteurswet van 1912 gestelde uitzon-
deringen mag niets uit deze uitgave worden verveelvoudigd, opgeslagen in
een geautomatiseerd gegevensbestand, of openbaar gemaakt, in enige
vorm of op enige wijze, hetzij elektronisch, mechanisch, door fotokopieën,
opnamen of enige andere manier, zonder voorafgaande schriftelijke
toestemming van de uitgever. Voorzover het maken van reprografische
verveelvoudigingen uit deze uitgave is toegestaan op grond van artikel 16 h
Auteurswet 1912 dient men de daarvoor wettelijk verschuldigde vergoedin-
gen te voldoen aan de Stichting Reprorecht (Postbus 3060, 2130 KB,
Hoofddorp, www.reprorecht.nl).
Voor het overnemen van gedeelte(n) uit deze uitgave in bloemlezingen, read-
ers en andere compilatiewerken (artikel 16 Auteurswet 1912) kan men zich
wenden tot de Stichting PRO (Stichting Publicatie- en Reproductierechten
Organisatie, Postbus 3060, 2130 KB Hoofddorp, www.cedar.nl/pro).